KB269073

월식

민음사

1 월식

무지개 —————————————————— 11
月蝕 ———————————————————— 13
細雨 ———————————————————— 14
북두칠성 —————————————————— 15
가죽장갑 —————————————————— 17
댑싸리 ——————————————————— 18
달랑무 김치 ————————————————— 19
어금니 ——————————————————— 21
과일이 과일로 살아 남기 위해 ——————— 22
형광등 ——————————————————— 23

2 타우누스 양로원의 밤

풍선 ———————————————————— 27
단추 ———————————————————— 28
자석 ———————————————————— 30
바드 소덴 시편 ———————————————— 32
書月부락의 눈 ———————————————— 34
볼트 하나의 시 ———————————————— 36
느티나무 —————————————————— 37
토끼의 간 —————————————————— 39
아카시아꽃 ————————————————— 40
타우누스 양로원의 밤 ————————————— 42

차례

봉답 ——————————————— 48

3 두더지의 앞발

輓詞 6장 ——————————— 53
감초 ——————————————— 57
숲이 숲인 것이 ——————— 59
나일론 장판 ——————————— 61
두더지의 앞발 ——————————— 63
검차원 ——————————————— 64
개똥참외 ——————————————— 66
선녀 ——————————————— 68
소낙비 ——————————————— 69
호랑나비 ——————————————— 71
역기들기 ——————————————— 72

4 하급반 교과서

하급반 교과서 ——————————— 77
녹 ——————————————— 78
후렴 ——————————————— 79
纏足 ——————————————— 81
개똥벌레 ——————————————— 82
첫서리 ——————————————— 84
벽돌과 담 ——————————————— 86

해방둥이 ——————————————————————— 88

5 헬리콥터

옛날에 옛날에 1 ———————————————— 93
옛날에 옛날에 2 ———————————————— 94
옛날에 옛날에 3 ———————————————— 95
옛날에 옛날에 4 ———————————————— 97
겨울 볕 ————————————————————— 98
유리칼 ————————————————————— 100
헬리콥터 ——————————————————— 102
톱질 ——————————————————————— 105
세멘 포대 ————————————————————— 107
피뢰침 ——————————————————————— 109
일식 ——————————————————————— 110

해설/김우창
시의 언어, 시의 소재 ——————————— 113
연보 ——————————————————————— 135

1
월식

무지개

아이가 걸어간다
혼자서
어여쁜 꽃신도 함께 간다

이 세상에서 때묻지 않은 죽음이여
너는 다시 무지개의 七色으로 살아나는가

아이가 걸어간다
아이가

한밤중 불 같은 머릿속 다 헹구고
간밤의 비바람 폭풍우 다 데리고

오늘은 다소곳이 걸어간다
눈물도 꽃송이도 다 데리고 걸어간다

아가야
네가 남긴 환한 미소
내 가슴에 남겨준 영롱한 기쁨

그런 것 모두 다 한데 모아

오늘은 비 개이고 맑은 언덕
아이가 걸어간다
혼자서
하늘 나라로 하늘 나라로
무죄의 층계를 밟아 오른다

月蝕

달 그늘에 잠긴
비인 마을의 잠
사나이 하나가 지나갔다
붉게 물들어

발자국 성큼
성큼
남겨놓은 채

개는 다시 짖지 않았다
목이 쉬어 짖어대던
외로운 개

그 뒤로 누님은
말이 없었다

달이
커다랗게
불끈 솟은 달이

슬슬 마을을 가려주던 저녁

細雨

저
난쟁이 병정들은
소리도 없이 보슬비를 타고
어디서 어디서 내려오는가

시방 곱게 잠이 든
내 누이
어릴 때 걸린 소아마비로
하반신을 못 쓰는
내 누이를

꿈결과 함께 들것에 실어
소리도 없이
아주 아늑하게

마법의 성으로 실어가는가

북두칠성

먼 길 떠나시던
아버님 발자국이 보인다

어두운 밤 홀로 흰 두루막자락 날리시며
검은 산
　넘어
넘어
먼 길 가시던 날

어머님이 감추시던
눈물 어려 몇 방울

내 이젠 나이 들어 어린 딸 거느리고
여름 저녁 한때 언덕에 서면

만주땅 어느 곳에 잠들어 계실
아버님 모습……

풀벌레들 정적 더하던

고향 옛집에서
철 모르던 우리 남매 잠재워 놓고

두만강
된서리 묻어 온 두루마리
남몰래 읽으시던 우리 어머니

촛불에도 떨리시던
당신의 눈물 모두 어려 보인다

가죽장갑

나의 손에는 피가 묻어 있다
엄지 검지
다섯 손가락 모두

석유 난로에 손을 쬐어 보라
함성이 들려온다
한 마리 짐승이 골짜기를 도망친다
야만의 눈알 하나
차근차근 숲을 뒤진다

나의 손은 검다
검은 손에 피가 묻어 있다
장지도 무명지도
열 손가락 모두

친구여 그러나 피가 묻은
나의 손은 따스하다
짐승의 피보다 더욱 따스하다
석유 난롯가에서, 문명의 따스함 곁에서

댑싸리

내 집 마당 대지 40평
시멘트 범벅
까짓 쓸 게 뭐 있느냐.

허나 화단 구석 한쪽
고향 마당 거름더미 곁에 저절로 나던
올 댑싸리 한 그루
홀로 자란다.

내 집 마당 대지 40평
시멘트 범벅
집 서고 남은 몇 평 뜨락에

다 자라 비 매어도 쓸모가 없을
올 댑싸리 한 그루
홀로 자란다.

달랑무 김치

군색스러움이야 어디 이
단칸방의 이불덩어리 하나뿐이랴
부뚜막에 걸려 있는
백철솥뿐이랴

입동 지나고 해가 짧으매
변두리 이곳에 겨울이 빨리 닥쳐오리니
아이들은 일 년 동안 키가 자라서
지난해의 바지 길이가 짧아져 있고

여름 동안 뛰놀다 다친 복상씨뼈
그 시커먼 생채기를 가려주지 못한다.

그러나 어디 가난이 그렇게
초초하기만 하랴
굴다리 빈 공터에 어둠 드리우면
단칸방에 어느새 불이 켜지고

아이들 웃음소리가

야트막한 골목으로 피어나는 것을
어디 가난이 그렇게 쓸쓸키만 하랴

연탄광 한구석에 묻지도 못한 항아리 하나
달랑무 한 접 김치도
이 겨울에 발갛게 익어가고 있다.

어금니

어금니 하나가 닳고 닳아
고약한 냄새 풍기며
썩어버리니

나는 勳章과 같이 너의 몸을
금으로 씌워버렸다

내가 할 수 있는 것은 무엇이랴——

치과 기공사에게 구멍을 파게 하고
신경을 마취하고
번쩍거리는 금장식을 씌우고 나면

마침내 내가 죽고
내 턱뼈도 썩어 땅에 묻힐 때

나의 어금니 하나

나와 같이 썩지도 못하고
홀로 남아 허공에 떠돌며 다니리라.

과일이 과일로 살아 남기 위해

과일이 과일로 살아 남기 위해
한 알의 과일 속에
시퍼런 칼이 들어와야 한다.

한 알의 과일 속에
이빨 자국 깊숙이 박혀져야 한다.

뿌리에서 길어올린
향기와 단맛
가진 것 모두 주어야 한다.

한 알의 과일 위에
시커먼 손 덥석 잡혀야 한다.

제물 되어 접시에
담겨져야 한다.

과일이 과일이란 이름으로
온전하게 살아 남기 위해.

형광등

누이야
봉제공장 이층에서
밤새워 야근하는 우리 누이야

씻어도 씻어도
너의 눈은 졸음이다
중풍에 걸린 아버지 얼굴
떠오른다

라면 한 그릇에 채워지지 않는
짜르르 짜르르한
심야의 공복
일기장에 숨겨둔 적금통장이다

누이야, 누이야
일당으로 일하는 봉제공장에
수당도 없는 밤샘 우리 누이야

씻어도 씻어도

너의 눈은 피곤이다
희미한 새벽의 현기증이다

2
타우누스 양로원의 밤

풍선

비 개어
푸른 하늘

바람도 한 점 없는
높은
허공에

어미의 胎ㅅ줄에서
버려진
아이

푸른 하늘 멀리멀리
가고 있는
아이……

단추

떨어져 있는
단추 하나를 바라보면
간밤
검은 구두 발자국 남아 있지 않다.

떨어져 있는
단추 하나를 바라보면
지난 밤 짧게 울던
초인종 소리,
소리도 없던 회오리 바람
흔적 하나
남아 있지 않다.

떨어져 있는 단추 하나에는
간밤의 흐릿한
외등 흔적뿐.

떨어져 있는 단추 하나여
오늘 아침 무심히

내 발길에 밟히는
단추 하나여.

자석

나는
자석에 대한 기억이 있다
── 자석의 기억 ──

종이 위에는 쇳가루들이
자석의 방향대로 따라 움직이고

자석의 방향대로 어느 하나 쇳가루도
시커멓고 차디찬 쇳덩이의 마음대로
일사불란하게
따라 움직이고

비 오고 나면 모래땅에서
어린 시절
쇳가루를 붙이며 놀던 기억

나는 오늘 그러나
시커먼 말굽자석 하나를 책상 위에 올려놓고
이상한 소리를 듣는다

어디서 어디서 들려오는지
신음인 듯 울음인 듯
이상한 흐느낌 소리를 듣는다

바드 소덴* 시편

1 의붓어미꽃
—— 간호보조원으로 일하는 누이동생들

1970년에 독일로 왔어요
실직하신 아버지
눈물 그렁그렁 우리 엄마……
김포공항에 두고 왔어요

국민학교 중학교 고등학교 아우들
전셋집 방 한 칸에 두고 왔어요
웃고 있는 사진 한 장 가지고 왔어요

오늘은 당번날
〈바바라 크니펠〉 간호사와 일을 했어요
오전에는 덩치가 아주 큰 독일 노인
한 사람이 죽어 나갔고, 오후에는 외국어가
서툴러 웃음 만들고
하루 종일 살뜰히 일을 했어요

병동은 동향이라
아침 햇살이 따뜻했지요
병동 앞 잔디밭에
조그맣고 하얀 꽃이 피어 있었어요

「슈베스터 킴!」
「저 꽃은 의붓어미꽃이랍니다」

1970년에 독일로 왔어요
전세 비행기로 떠나왔어요

* 독일의 도시임.

書月부락*의 눈

내 처가 당숙님
정초에 다니러 온 둘째아들 위해
서울로 돌아가는 버스 길까지
고구마 한 자루 져다 주시고

그 처가 당숙님 논둑길 따라
고무신 발자국이 이어져 갈 때
서월부락 눈은 내려 쌓이고

내 처가 당숙모님
주씨네 선산에 나무 갔다가
산림법 위반으로 잡혀가는 날
이 부락 산골짝엔 눈이 쌓이고

내 처가 당숙님네
둘째딸 순애
스무 살 설레는 고운 분갑 위에
한밤중 이 부락의 눈은 쌓이고

내리는 눈이여 내려 쌓여라!
이 고을 선량이 해마다 보낸
낱장 달력에 쌓인 먼지처럼
처가 당숙님의 시름이야 쌓여 가건만
내리는 눈이여 내려 쌓여라

내 처가 당숙님네 마당 가운데
마을의 개들도 어울려 뛰고
내 처가 당숙님네 부스럼 난 아이
부스럼 난 아이들 머리 위에도
이 부락의 눈은 내려 쌓여라

* 전북 고창 신림면 마을 이름.

볼트 하나의 시

볼트 하나 길에 버려져서

녹이 시뻘겋게 슬어 있다.

내 친구 월남전선에서 다리 한 짝 잃고

목발을 짚고 걸어 나온다.

아이녀석 몇 명이 쓸모 없는

볼트 하나를 시궁창에 차 넣는다.

어디서 버림받은 계집이

악다구니 소리를 지르고 있다.

느티나무

눈을 부릅뜨고 있다
두 손을 불끈 쥐고 있다
장딴지에 힘을 주고 버티고 있다
벌어진 어깨
근육 배긴 가슴

우리집 오촌도 늠름했었다
설쳐대던 패거리에 몰매를 맞고
반 골병이 들어버린 우리집 오촌
끝내 이 나무 아래에서
사라져 갔다지만
당당하고 기백 있던 우리집 오촌

눈을 부릅뜨고 있다
두 손을 불끈 쥐고 있다
장딴지에 힘을 주고 버티고 있다
굽히고 살지 않던 오촌의 기백
억세게 뻗어나간 저 가지들
굳건하고 힘찬 저 줄기들

밤이면 숙덕대던 난리 마당에
모함하고 행패하던 패거리 작당들도
이제는 조용하다
공회당도 올 들어 새로 지었고
공회당 앞의 느티나무 유독
난리마다 용케 살아 남아
눈을 부릅뜨고 있다
눈을 부릅뜨고
이 동네를 언제나 지키고 섰다

토끼의 간

용왕님은 병이 들고
토끼야, 너 간을 주어라.

萬花方暢한 봄날 산천에
네가 따먹은 진달래 꽃잎 주어라.

바다 고기들 다 병들고
눌릴 대로 눌린
고기의 창자 위해 간을 주어라.

도토리 익는 시월 산천에
싸리순 피는 봄날 산천에
언덕 뛰던
네 빠른 생기 주어라.

동해 바다 저 어둡고 어두운
먹물결 위해
네 더운 피도 이제 모두 주어라.

아카시아꽃

아카시아꽃 향기를 아십니까?
사람들이 몇이 지나가면서
나에게 무심코 던지는 질문입니다.
아카시아꽃은 5월
우리집 언덕에도 피어 있는 꽃이지요.
아이들이 꽃이 피면 꽃을 따먹고
벌들이 몰려와서 꿀을 따 가지만
아카시아꽃 향기를 아십니까?
아카시아꽃은 우리 산천에
서양애들 키같이 자라나는 꽃이지요.
봄이 되면 양봉가는 벌꿀을 따고
허약한 사람들은 이 꽃꿀로
장복을 한다지만 아카시아꽃
뿌리는 어느새 뻗고 뻗어서
고향산천 들판에 깊이 내리고
할아버지 선산 무덤 속 깊이 파고들지요.
아카시아꽃 향기를 아십니까?
아카시아꽃은 우리집 언덕에
어느덧 무성하게 피어 있는 꽃

불광이 좋고 마딘 나무라서
농부들이 땔감으로 잘라 놓았다가
겨울 한철 구들을 덥힌다지만
아카시아꽃은 올해도 봄비를 맞고 무성히 자라
우리집 안방 구들 밑까지
뿌리를 내리고 자라납니다.

타우누스 양로원*의 밤
—— 나의 친구 라우렌스키 노인에게

악마여, 장미꽃은 아름답다.
후원에 소리 없이 안개 내리고
이 한밤 전나무숲에 달빛과 함께 잠든 우리들의
발자국

걸어 가거라
비탄자의 뜨락에 꽃이며 안개며
아득한 장막이여
먼 길 걸어온 발자국이여

텅 빈 머릿속을 40년 전 러시아로 진군하던 전차의 땅
울림이 쏟아져 내리고
화염에 찌그러진 전우의 아우성이 덩어리지고
폴란드 유민의 낡은 가죽장화가 뚜벅뚜벅 걸어와 圓陣
을 친다
「아! 그렇지, 우리는 그때도 유민이었다」

소리치자, 뼈는 마르고 삐걱이는 침상은 심해로 가라
앉고

기름살이 올라 맥을 못 추는 심장의 무력한 근육들이여
우리들의 등허리는 욕창으로 썩어가고
카네이션꽃은 일주일을 견디다가 시들어진다

어디서 사람들은 수군거리는가
개는 없는데 개 짖는 소리
안개는 내리고 산소는 희박하다
비둘기는 죽어간다 비둘기는 언제나 고독하기에
우리는 비둘기에게 너무나 많은 콩을 던져주었다

공원의 잔디 사이 고개를 드러내는
의붓어미꽃의 작은 씨눈이여
너는 소리조차 지를 수 없단 말인가
오늘 아침
80살을 살다 간 헤코만 씨
당신은 이곳에서 13년을 살았노라
악마의 눈썹처럼 화려한 영구차여

웃고 있구나 우리들의 肝斑 우리들의 의식

춤추누나 벽난로의 나무토막
여기저기에서 시커먼 풀들이 솟아오른다
손을 흔든다 무저항의 희디흰 손
우리들이 기르던 독신 아파트의 검은 고양이는 칼날
같은 울음을 휘장 위에 내리긋고

우리는 읽고 또 읽는다
아들의 엽서는 지중해 바다에서 보내져 왔다
「그렇지 우리에게 아들은 살아 있었지. 딸은 캐나다로
이민을 갔고 아들은 한 달에 한 번씩 오지」

말하고 싶다 백태가 낀 혀
팔을 주세요 3일 전에 새로 맞춘 휠체어의 손잡이
다리는 어디에 있는가
물리치료실에 숨죽이고 있는 쇠붙이의 보행기여
우리는 어디로 실려가 입원하는가
우리들의 피는 얼어 냉장고 속에 갇혀 있고
몸을 뒤척일 적마다 창의 난간에서 노려보고 있는
선인장의 넓은 손이 이마를 때린다

침상은 거대한 고래가 들어올리고
이 밤은 안개 내려 자작나무 숲머리에 잔바람이 불고
있다

악마여, 신이여 이 밤에
당신을 부른다
바람이 잦아지는 서녘 허공

아이들이 걸어간다 재잘거리며
숲을 빠지면 꽃 핀 수영장
오월은 사과꽃이 피는 달
부풀어오르는 처녀 가슴으로
燕麥의 아랑이 물결치는 곳

아름다워라 어린 시절 분홍색 풍선
성년식의 음악은 울렁거렸어라
정장에 꽂아둔 하얀 손수건
그러나 이제는 나비처럼 낙엽처럼 바스러졌다
우리들의 회상은 어디에 머물러 주저앉는가 무엇에 집

착하는가
　보라, 뻘흙 속에 의치 한 틀이 나뒹굴고 있다
　아내의 사진이 처박혀 있다

　이제 친지들이 돌아가네
　街角을 돌아
　자동차는 하나씩 멀어져 가네
　남은 것은 다만 초콜릿 몇 통 걸긍거리는 해소 기침뿐
　일주일간 꽂혀 있을 백합 몇 송이
　「면회 시간이 끝났어요」
　수간호사의 목소리가 귀를 후빈다

　잠들자 이제는 잠들자
　구약의 칼들이 허공에 부딪히는 이 방 속에
　안개여 우리를 잠재워 주게
　심해 깊숙이 어족들과 노닐며 아름다운 흑장미를 바라
보는 일

　우리가 남긴 숲속의 발자국 검은 수건으로 지워가면서

악마여 장미꽃은 아름답고
어둠은 저렇게 완벽키만 하다

봉답

할매요
60평생을 홀로이신 할매요
열여덟에 나이 어린 낭군님
사별하신 할매요
眞城李氏 양반 가문에 태어나셔서
6·25 때 흔적 없는
양자 하나 기다리고 사는 할매요
할매요
흰머리도 이제는 붉게 변한 할매요
풍년이 들었니더
봉답논 여덟 마지기에
풍년이사 들었니더 할매요
길쌈으로 직조로
품앗이로 이뤄놓은 뒷골 봉답논에
풍년이사 들었니더 할매요
훼재도 없이 나락은
고개를 숙였니더 할매요
할매요
지금도 새벽이면

지금도 새벽이면
물 한 그릇 떠다가 장독 위에 올려놓고
새벽 하늘 눈물 별 바라보시고
호미 들고 맨먼저 들로 나가시는 할매요
올해는 풍년이사 들었니더 할매요
풍년이사 들었니더 할매요

3
두더지의 앞발

輓詞 6장
—— 1978년 12월 4일 빙모님 돌아가시고 고창에 다녀와서

1 회나무 가지

초겨울 이파리 하나 남아 있지 않은
마을 밖 동구 밖의 늙은 회나무
꽃상여 돌아 나간 그날 저녁답
보일 듯 보일 듯이 일던 잔바람.

2 살얼음

우리 빙모주님 연꽃 상여가
봇도랑도 또한 넘어
앞산에 묻히시러 가시던 날
그루터기 남아 있는 겨울 논바닥
말갛게 비치는 살얼음을 보았어요
입 깨물고 울음 참는 살얼음을 보았어요.

3 솔잎색

아내여 아내여 살기가 어려워
친정도 자주 못 간 설운 아내여
서러움에 파묻지는 가냘픈 어깨
여리디여린 한장 파문을
앞산머리 언제나 푸른 저 솔잎,
아청빛 초겨울의 맑은 하늘이
죽음은 영 이별이 아니라는 듯
되받아 가락 실어주고 있네요.

4 소반

저 옻칠도 벗겨진 통나무 소반 하나
당신이 시집 오시던 해
장만을 하셨다는 통나무 소반 하나
어느 해 흉년 들어 시래기죽 끓여놓고
옷고름으로 남몰래 부엌에서 눈물 훔치시던 모습

다 보았던 소반 하나
그 옛날 당신 살림 나실 때
논 한 마지기 타왔던 내력 다 알고 있는 소반 하나
몇 년 전 양며느리 얻으시고
저 소반에 홀로 밥상 받으시더니
오늘은 빈소 앞에 사기 대접 향로 하나 당그랗게 받쳐
놓고
외로이 서 있는 귀 떨어진 소반 하나
저 소반 하나.

5 연기

허공으로 허공으로 훨훨 떠나가지 못하네
다닥다닥 머리 맞댄
서월리 초가지붕
생각하면 딸 자식 살붙이 하나
초가집 토방 아래 깔리는 연기
뒤안 장독대에 서리는 연기

6 까치집

초상도 치르고
삼우도 지난 날
초겨울 회나무에 까치집 하나
까슬한 턱수염의 한 분 처외숙
누님 잃고 바라보는
당그란 까치집
눈 시려 바라보는
당그란 까치집.

감초

어느 건재약방 천장마다
황지봉투 속에 매달린 감초여

어느 약탕관, 약봉다리 속에도
빠지지 않고 들어 있는 감초여

오만한 노란색의 얼굴로
건방지게 들어 있는 감초 토막이여

단맛 하나로
오직 달콤한 맛 한 가지로
이 세상 온갖 인간들의 병치레에
군림만 하려드는 감초여

〈약방에 감초〉라는 말이
사실은 비웃음인 줄 모르는 감초여

〈약방의 감초〉라는 말이
너를 칭송하는 말인 줄만 아는 감초여

네가 없어도, 네가 없어도
사실은 너끈하게
약봉다리가 약봉다리인 감초여

언제까지나
어느 약방 파리똥 앉은 천장마다
매달리려만 드는 감초여, 감초 토막이여

숲이 숲인 것이

숲이 숲인 것이 우연이 아니다
하루 아침에 이뤄진 것이 아닌
저 굳건한 나무들의 뿌리를 보아도 알 수 있다

굳건한 뿌리 위에 가지는
가지대로 화목스럽고
줄기는 줄기대로 무성히 뻗어서
비바람 이겨내며
큰 힘 이룬 것은

숲에서 돋아나는 한 포기 풀과
숲에서 뛰노는 다람쥐 한 마리
작은 짐승들까지도
모두 다 생기에 차서
숲이 숲으로 빛나는 것은 우연이 아니다

우리들이 지친 다리로 숲속에 들면
가슴 하나 이내 가득 차는
숲속에 있는 살아 있는 공기

숨쉴 수 있는 공기 속에
만물이 생동함은 우연이 아니다

나일론 장판

나일론 장판 위에 엎드려
나일론 장판 위의 화려한 꽃을 본다

아침으로 저녁으로 걸레질을 해봐도
보이는 것은 다만 꽃무늬
얼룩덜룩한 목단꽃 무늬

지루한 올 여름의 이 장마통에
구석구석 습기 찬 얼룩은 어디 있는가
썩어가는 곰팡이는 어디 있는가

보이지 않는 것은 그러나 모두 다
가려져 있구나
가려져서 모두 다 보이지 않는구나

꽃이여 꽃이여
나일론 장판 위의 목단꽃이여
누기와 곰팡이를 겉으로만 가리려는 목단꽃이여

아침으로 저녁으로 빗자루질을 해봐도
보이는 것은 다만 꽃무늬뿐이구나
울긋불긋한 꽃무늬뿐이구나

두더지의 앞발

낙화생 밭을 갈아엎다가
두더지 한 마리를 보았어요

어두운 땅밑에 사는 놈 같지 않게
두꺼운 지방질로 살이 통통했어요

필요 없는 것은 스스로 퇴화시킨 흔적
작은 눈이 선량하고 재미있었어요

낙화생 밭을 갈아엎다가
더욱 놀란 것은 앞발이었어요
아주 억세고 커다랬어요

몸에 비해 어울리지 않게 발달해 있었어요

그건 어두운 땅밑에 살아 남기 위해
그건 어두운 땅밑을 헤쳐 가기 위해

저절로 그렇게 되었으려니 생각했어요
아주 커다랗고 쓸쓸해 보였어요.

검차원

칠흑같이 어두운 밤
화차들이 정거한 역 구내 선로 사이로
늙은 검차원 하나
침착하게 날카로운 망치를 들고 차바퀴를 두드리며 지
나간다

디젤 엔진의 고동은 꿈처럼 울리고
검게 빛나는 석탄차의 석탄은
밤중의 고요를 지켜보는데

반짝거리는 것은 다만
그 사람의 칸델라 불빛 하나

有蓋車 속에 숨죽인 쥐 한 마리
홀로 눈떠 인기척을 넘보고
차가운 금속성의 망치소리가
〈탱 ──〉 하고 차륜을 울려
대륙을 횡단하는 긴 철로로 멀어져 갈 때

천길 땅속에 잠자던 쇠붙이의 원음을
칠흑같이 어두운 밤
늙은 검차원 하나
낡아빠진 修車譜에 적어넣는다

개똥참외

네 이름 아직 참외였을 적
갈기갈기 이빨에 씹혀
사람의 뱃속으로 들어가더니

똥 틈에 섞여
다시 이 세상 바닥에 살아났었지

어느 날,
더러운 개 한 마리가
천지에 더럽고 깨끗한 것 가리지 않는 개 한 마리가

너를 똥과 함께 집어삼켜서
개 창자 속까지 들어갔는데

그 개가 갈겨 눈 개똥으로 다시
또 세상에 태어났다

아하! 보아라 오늘은
인적 드문 비탈에 뿌리 내리어

저렇게 파란 잎새 하늘 아래 피워

개똥도 사람똥도 가려주고 있구나
온갖 추악함도 가려주누나

선녀

火食도 차차
달게 먹더니
머루가 익는 구월 산천에
입덧은 한기를 몰고 속살에 스며드네

불러오는 아랫배를 가린 옷가지
그 옛 연못가
잃어버린 날개옷이 지금 있대도
별로 기쁠 것도 슬플 것도 이제는 없을 것을

언제부턴가
부끄러운 웃음을 쓸쓸히 웃고 나서
그가 살던 하늘
저쪽 언덕을 바라보면 황혼

아득한 노을이
눈동자에 머문다

소낙비

나는 그 여자의 문을 두드린다.
숨가쁘게 계단을 뛰어올랐다.

한 번을 두드린다,
대답이 없다.

두 번을 두드린다,
대답이 없다.

세 번을 두드린다, 조금 세게⋯⋯
대답이 없다.

네 번을 두드린다, 다섯 번을 두드린다,
끝없이 끝없이 백 번을 천 번을
급하게 두드린다, 대답이 없다.

나는 알고 있다, 그녀의 대답이 침묵이란 것을.
나는 알고 있다, 그녀의 대답이 아주 깊은 잠이란 것을.

그러나 내 주먹은 그침이 없다
내 주먹이 내 가슴을 쿵쿵 울릴 때까지.

어둠에 잠긴 먹구름 속에
천둥이 울려 내 가슴 치고,

마침내 번갯불이 그녀에 닿아
침묵의 옷가지를 벗을 때까지.

호랑나비

경상도집 아주머니가 낮잠을 잔다
서른 살에 혼자되어 산전수전 다 겪었다

억세고 요란스런 경상도 아주머니
오늘은 공일이라 색시들 다 소풍 보냈다
하나뿐인 뚱뚱이 딸도 따라 보냈다

보아라, 경상도집 아주머니 태평스런 낮잠 속에
이 세상 쓸쓸하고 아름다운 만고풍상

꿈속에 꿈속에 봄날 천지에
호랑나비 한 마리만 날아다닌다

역기들기

역기를 든다

날씨가 영하로 떨어져 간 날
이웃의 대문이 굳게 잠기고
골목에 아이들조차 나다니지 않는 날
집안 뒤안 한구석에서

역기를 든다
내 팔이 좀더 튼튼해지려고
이 세상 버티는 내 다리가 좀더 튼튼해지려고

40kg의 시멘트덩어리에
구멍을 파서 막대기를 끼운 것

하나
둘
하나 둘
남모르는 소리로 어깨 위로 쳐든다

역기여, 역기여 꼴같잖은 역기여
40kg 시멘트덩어리여
너는 나에게 정직함을 가르쳐준다
너는 나에게 헛된 욕심을 경각시켜 준다

하나 둘 하나 둘
내 위선의 가슴 위로
하나, 둘. 하나, 둘
내 환상의 머리 위로 쳐들어 올리는 역기여

그러나 나는 안다
내가 들 수 있는 것이 내 짐임을
내가 들 수 있는 것이 내 짐임을

하나, 둘.
하나, 둘.
땀이 흐른다.

4
하급반 교과서

하급반 교과서

아이들이 큰소리로 책을 읽는다
나는 물끄러미 그 소리를 듣고 있다
한 아이가 소리내어 책을 읽으면
딴 아이도 따라서 책을 읽는다
청아한 목소리로 꾸밈 없는 목소리로
「아니다 아니다!」 하고 읽으니
「아니다 아니다!」 따라서 읽는다
「그렇다 그렇다!」 하고 읽으니
「그렇다 그렇다!」 따라서 읽는다
외우기도 좋아라 하급반 교과서
활자도 커다랗고 읽기에도 좋아라
목소리 하나도 흐트러지지 않고
한 아이가 읽는 대로 따라 읽는다

이 봄날 쓸쓸한 우리들의 책읽기여
우리나라 아이들의 목청들이여

녹

녹은 칼에 잘 슨다
녹은 새파랗게 갈아놓은 칼날에 잘 슨다
녹은 도끼에도 잘 슨다
녹은 지하실 바닥에 감추어둔
지난달에 벼려둔 도끼날에 잘 슨다
녹은 저 혼자 힘이 겨우면
습기의 힘을 빌려서도 슨다
공기의 힘을 빌려서도 슨다
칼의 힘을 믿는 순간
도끼의 힘을 믿는 순간
녹은 제 몸과 더불어 칼날을 삭여낸다
남몰래 남몰래 쇠붙이를 삭여낸다

후렴

여름방학을 맞아 내 아들이 가져온 성적표를 보면
음악과목이 낙제점수다
나는 그러리라 짐작하고 있었다
섭섭하게도 내 아들은 노래를 부르지 못하니까
내 아버지, 내 할아버지, 나를 닮아서
어쩌면 우리집 조상들의 피에
노래를 못 부르는 피가 흐를까
남의 노래만 따라서 부르던 피가 섞여서 그럴까
목소리는 제법 우렁차지만
아들의 노래는 고음에도 걸리고 저음에도 걸린다
제 목소리 하나도 조정하지 못한다
모처럼 노래를 시켜보아도
남이 부르던 노래
귓전에 익숙하고 입에 익은 가락만 흥얼거린다
누구일까, 내 아들의 음성을 망치는 자는?
노래를 못 부르는 조상의 피 탓일까?
아니면 흥에 겨워 스스로 흥얼거리는 자신의 탓일까
악보 하나도 제대로 읽지 않고
오선지 한 줄도 제대로 보지 않는

변성기도 아직 먼 내 아들에게
후렴만을 부르게 하는 자는 누구일까

纏足

누이는 누이는
아픈 줄도 모르고
호박씨를 까먹으며 놀고 있구나

아랫목 이불 밑이 따듯도 하여
저 창밖,
바람 불고 얼어붙은
눈보라 벌판 끝을
모르는구나

개똥벌레

해 지고 나면 고향마을 뒷냇가에
목물하던 처녀 아이들

풍덩대던 밤 물결에
흰 젖가슴
달도곤 훤히 비추어 오고

풀섶 냇둑에 숨죽이던 악동들
반짝이며 웃음 참던
눈동자 몇 개

빛나거라
개똥이와 순애의 열여덟 살 사랑
울 너머로 주고받는 귓속말에도
아침이면 소문 되어 퍼져 나가리

아, 고향땅 뽕나무밭
밤에도 푸르른 잎사귀 새로
한 줄기 추억으로 흐르던 불빛……

내 이제 홀로 고향 떠나와
아득히 아득히 그려보노니

첫서리

옛날옛날
우리나라 새댁들이

시집 온 지 첫날 새벽에
남몰래 일찍 신방에서 일어나
흰 고무신 신고 섬돌 아래 내려설 때
낭군님은 이 새벽 깊이 잠드시고

사랑에서 인기척 먼저 깨닫는
자잔한 시어른의 잔기침 소리

옛날옛날
우리나라 새댁들이

시집 온 지 첫날 새벽에
치맛자락 여며 쥐며
눈이 부시어
초가집 용마루 눈에 익힐 때

귀밑 볼에 돋아나는 마른 소오름
오소소 돋아나는 마른 소오름

벽돌과 담

벽돌공이 벽돌로 담을 쌓아간다
무엇이든지 하나씩 하나씩 쌓여 간다는 것
넋을 잃고 이렇게 바라봄직하여라
뒷일 하는 일꾼들은 바쁘게 움직이고
모래와 벽돌과 시멘트를 날라온다
실금을 띄어놓고 휘파람을 불며
숙련공은 흙손으로 배합물을 가득 퍼
쌓아가는 벽돌 위에 고르게 깔아 편다
그리고 벽돌을 하나하나 올린다
어떤 자는 한 손을 뒷짐을 지고
담배를 입에 물고 여유롭게도 일한다
하늘에는 햇볕이 내리쬐고
일꾼들의 이마에 땀이 번진다
건강한 일꾼들의 걷어붙인 팔뚝에는
힘줄도 불끈불끈 솟아오르고
입에서는 웃음과 욕지거리가 거침없이 쏟아져 나온다
나는 그들이 차곡차곡 쌓아가는 벽돌을
넋을 잃고 바라본다
아래 것은 위의 것에 위의 것은 아래 것에

누르고 맞물려 부추기면서
벽돌들은 높다랗게 쌓여 간다
하나하나 벽돌들이 쌓여 갈수록
하나하나 벽돌들이 모여지지 않는 것도
내 마음을 유쾌하게 하는 것이 된다

해방둥이

탄피 껍데기에 몽당연필을 끼워 쓰던 내 친구
이름은 영배였다

우유배급이 나왔던 날
우유를 도시락에 쪄와서 갉아먹던 영배

국민학교를 나오고 고등공민학교를 다니다가
도시로 도시로 오입 나간 영배

신체검사를 하러 가서
비 오던 날 염매시장 뒷골목 목로 술집에서
청년이 되어 만났던 영배

보국대에 나가서 생사 모르는
제 아버지 이야기를 들려주면서
이제는 우리도 군인이 되는 걸 이야기하던 영배

역전 무허가 하숙집에서
동정을 버리자고 조르던 영배

대구 어느 염색공장에서
일류 기술자로 일한다고 자랑하던 그는
그러나 손톱 밑에 새카맣게 염색공장 때가 끼여 있었
는데

우리는 동갑내기, 코 흘리며 같이 자란 해방둥이다

제대를 하던 날 예비사단에서 들리던 소식
월남전선에서 다리 한 짝 잃고
일찍이 제대를 해버렸다더니

모처럼 고향에 다니러 가도
어느 곳에 사는지도 모른다는 그를
내 오늘 다시 만났다

서울도 변두리인 상계동 골짝
후미진 빈터 구석자리에
그는 제 아내와 단둘이서 벽돌을 단단하게 찍고 있었다

그 어느 벽돌보다 단단하게 단단하게
묵묵히 묵묵히 찍고 있었다

5
헬리콥터

옛날에 옛날에 1
—— 오래 묵은 짐승

오래 묵은 짐승은 사람으로 변한다네
10년도 넘게 밥 먹여주면
주인밥 받아 먹고 사람으로 변한다네
이 눈치 저 눈치 다 살피고
그 집안 숟가락이 몇 개인지 다 안다네
그 집안 베개가 몇 개인지 다 안다네
오래 묵은 짐승은 사람으로 변한다네
사람이 짐승으로 변하는 것보다도
짐승이 사람으로 변하는 걸 보았소
밤 깊으면 인두겁 뒤집어쓰고
한우리 개도 닭도 다 잡아먹는다네
당나귀도 망아지도 다 잡아먹는다네
인두겁을 뒤집어쓴 거짓 주인 짐승은
주인 아가씨 방에도 어험 하고 들어가고
그 집안 재산도 다 노린다네
그 집안 기둥 뽑아 쑥대밭 만들고
그 집안 주인 목숨 다 노린다네

옛날에 옛날에 2
—— 두 어메

니 어메가 누구인고
이마 뜨거운 우리 애기
눈물 콧물 흘리면서 고뿔 든 우리 애기
안방에서 하루 종일 엄마를 기다리는데
니 어메가 누구인고
해질녘 들이닥친 얼굴 같은 두 어메
니 어메가 누구인고
하나는 팔을 잡고 안고 나가고
찬 기운 밤이슬에 안고 나가고
눈자위 시퍼런 연지 곤지 찍고
입술만 새빨간 니 어메가 누구인고
이웃 아낙 모여와 구경하는 마당
하루 종일 베 매주고 돌아온 어메
꺼끄러운 손으로 가로막는 어메

옛날에 옛날에 3
—— 옛날 이야기를 좋아하는 노인

옛날에 옛날에 노인이 살았네
상투 틀고 대설대 들고 사랑방에 살았네
어찌나 옛날 애기 좋아하는지
밥만 먹으면 옛날 애기 죽만 먹으면 옛날 애기
전라도 땅에서 일어난 이야기
경상도 땅에서 일어난 이야기
이 세상 아무도 모르는 이야기
대나무숲에 부는 바람, 스쳐가는 바람소리
쥐가 들은 이야기, 새가 들은 이야기
말귀 먹은 굼뜬 머슴
머슴방에서 졸고 있으면
대설대로 문지방 때려 옛날 이야기 들려주고
어린 손녀 손자들 할배 방에 찾아오면
어린 손자 무릎에 앉혀 옛날 애기 들려주네
옛날에 옛날에 노인이 살았네
어찌나 옛날 애기 좋아하는지
원님 앞에서 못 하는 애기, 사또 앞에서 못 하는 애기
새까만 단지 속에 남몰래 담아놓네
창호지로 밀봉하여 시렁 위에 올려놓네

훗날 사람 뚜껑 뜯어 이야기 단지
열어보게
하도 만져 반짝이는 깜장 단지에 담아놓네

옛날에 옛날에 4
—— 두꺼비야 두꺼비야

두꺼비야 두꺼비야
내가 만약 이 물레 다 돌리지 못한다면
연지 찍은 계모가 장보고 올 때까지
열두 필 명주베 다 짜놓지 못한다면
두꺼비야 두꺼비야
내가 만약 오늘밤
밑빠진 이 항아리
물 길어 하나 가득 채워놓지 못한다면
동백기름 바른 계모 친정에서 올 때까지
사람의 일이야 사람이 해야거늘
다하지 못하는 일 한숨지으며
두꺼비야 두꺼비야
마당에 널린 나락 밤새도록 디딜방아 찧고 찧어서
알곡으로 고방 안에 찧어놓지 못한다면
두꺼비야 두꺼비야 말 못 하는 두꺼비야
비 내리는 꽃밭에서 숨어 있는 두꺼비야

겨울 볕

겨울 볕은
할머니 손녀 머리 빗어주는
참빗 가는 살에 머무르다가

겨울 볕은
깊은 산중 인적 끊긴 골짜기
바람 가르는 산새
잿빛 나래에 머무르다가

겨울 볕은
어느 곳에 목숨 내릴까
어느 곳에 목숨 내릴까
내가 살던 상봉동 집,
구들이 잘못 놓인 氷庫 같던 방안

문을 열면 따스하던 남쪽 창받이
그 위에 놓여 겨울 나던
석창포 조뭇한 속잎에 머무르다가

겨울 볕은 겨울 볕은
겨울이라 더욱 따스한 아지랑이 거느리고
아지랑이 같은 우리네 예사 사랑
그 하얀 속살에 머무르다가

유리칼

금강석의 유리칼이
매끄러운 유리 위에 금을 긋는다

거짓말처럼
익숙하게도
유리는 이등분으로 잘려 나간다

속수무책이다
단단한 것에는 더 단단한 것이
이기고 있는 것이 사실이다

잘려진 유리는
이쪽에 한 장
저쪽에 한 장

창틀에 끼워져서 움직이지 않는다
움직이지 않는 창틀이 된다

저쪽과 이쪽을

딴 세상으로 비춘다

나는 서쪽 창에 기대 서서
움직일 수 없는
창 밖을 본다

헬리콥터

중랑교 밖에 집이 있는 나는
의정부 쪽 하늘로 날아가는 헬리콥터를
아들과 함께 바라보고 있다

옛날 가교사 옆
폭탄에 파진 웅덩이에서
잠자리를 잡으며 바라보던 저 헬리콥터

전쟁이 지나간 지 30년이 지난 날에
이제는 우리 눈에 익숙해 버렸지만
오늘은 일요일
세상이 온통 의문투성이인
내 네 살 난 어린 아들과
이마에 손 없고 바라보면서
나는 어떻게 내 지나간 어린 시절을 설명할 수 있을까

일곱 살 때였던가
삐라를 뿌리며 읍내 상공을
커다란 프로펠러 빙글빙글 돌리며

버짐 난 우리들 머리 위로 날아가던 저 비행기

잠자리채 속에 사로잡았던
장수잠자리보다
더 신기하던 헬리콥터를

우리들 조무래기 환호성을 올리며
떼지어 넘어지며 뒤쫓아 따라갈 때
河床 드러낸 낙동강 너머로
유유히 유유히 사라지더니

오늘은 다시 우리집 마당에
그림자 드리우며 날아가는 헬리콥터여

아직도 평화가 멀기만 하고
아직도 아픔이 아물지 않는 월남 땅에
내 자라서 자유의 용사로 파병되었을 적
끝 모르는 정글에 매복하던 밤
후진국 늪지 위에 슬픔으로 떠오르던 헬리콥터여

오늘은 맑은 가을하늘 날
서울에서도 하늘은 푸르기만 한데
아들아
내 네 살 난 어린 아들아

어느 곳에서나 쉽사리 앉기도 하고
어느 곳에서나 쉽사리 뜨기도 잘 한다는
저 커다란 갈색 헬리콥터를
나는 너에게 무엇이라 설명할 수 있을까

톱질

너와 내가 톱질을 한다
이 통나무는 먼 바다를 건너온
밀림의 원목이다

뼈에 바람을 불어넣듯
힘을 들이지 말아야 나무가 잘려지네
관절에 힘을 주고 손마디 근육에 용을 써서도 안 되네

도끼로 나무를 빠개버릴 때야
나무에 결이야 있다고 들었지만
통나무 허리를 톱으로 자를 때야
옹이만 숨어 있고 결이 없다네

오늘 오후는 너와 내가
두 손을 모아서 톱질을 하네

우리들의 연장은 시퍼렇게 날선 도끼가 아닐세
양쪽 끝에 손잡이가 달린 때도 절고 오래된 조선톱일세

오랜 기다림의 어깨 놀림이
우리에게 참음을 가르쳐주네

너와 내가 두 손 모아 하는 톱질 아래
슬픔의 하얀 톱밥가루가
팍팍한 무릎 위에 조금씩 쌓여가네

세멘 포대

비가 처적처적 내리는 날
빌딩 신축 공사장 한구석
꺼먼 기름 칠해진 베니어판으로 지어진 연장 보관소
옆에
비에 후줄근히 젖어 있는
빈 세멘 포대들

더러는 찢어져 옆구리가 터지고
더러는 마른 채로
땅 파던 흙 속에서 나온 돌멩이로 눌러져 있다

모래와 자갈과 삽으로 다져진 콘크리트 골조는
완강하게 높이 솟아오르고

터진 세멘 포대 옆에 삐져나온 실밥도
흩뿌리는 빗날에 젖어 있는데

일당으로 일하는 막일꾼들은
대낮부터 얼굴이 시뻘겋게 막소주에 취해 있다

그들의 어깨, 그들의 힘줄을 닮은 든든한 철근은
육중한 골조 속에 갇혀버리고

비 오는 날은 하릴없이 젖어가는 세멘 포대들
비 오는 날은 하릴없이 젖어가는 그들의 얼굴들

이제 빌딩의 건물도 완공되어 가면
저들 비에 젖는 세멘 봉지는 어디로 흘러갈까
고물을 줍는 넝마주이 통에 실려
아니면 철컥철컥 빈 가위 울리는 엿장수 리어카에 실
려서

이제 그들은 또 어디 가서
쓸쓸한 눈물 담을 봉지라도 될 것인가

피뢰침

아득히 솟아 있는 높은 굴뚝 위에
날카로운 은빛 피뢰침 하나

캄캄한 구름 하늘 덮을 때
비로소 반짝이는 피뢰침 하나

천 번도 만 번도 캄캄한 밤중에
너는 왜 슬프게도 불타지 않는가

온 누리 번개도 휘몰아 올 때
너는 왜 슬프게도 쓰러지지 않는가

일식

十月之交
朔日辛卯
日有食之
亦孔之醜
——『시경』「小雅篇」 중 「十月之交」에서

귀 있는 자 듣고
눈 있는 자 바라보라

해는 동해에서도 뜨지만
해는 짐의 시커먼 뱃속에서도 뜨노라

귀 있는 자 듣고
눈 있는 자 바라보라

짐은 이제 왕이요 폐하요
악이노라 선이노라

나무고 산이고 길이고 칼이고, 해 뜨는 바다

물줄기고, 바람이고, 모든 것이여

귀 있는 자 귀를 막고
눈 있는 자 눈을 감아라!

짐은 이제 왕이노라

시의 언어, 시의 소재

김우창

시인이란 무엇인가? 이에 대한 답이 간단할 수는 없는 것이지만, 일단 그 표면적인 특징만을 잡아 말한다면, 시인은 말을 잘 쓰는 사람이라고 할 수 있을 것이다. 물론 말을 잘 쓴다는 것이 무엇이냐 하는 새로운 문제를 풀지 않고는 이러한 첫번째의 답은 무의미한 것이다. 그러면 말을 잘 쓴다는 것은 무슨 뜻인가? 그것은 사물과 세상 또 사람의 체험을 있는 그대로 또는 사실대로 전달할 수 있게끔 말을 쓴다는 것이다.

그런데 사실의 정확한 전달은 얼핏 생각하여 시적 언어보다는 과학적 언어의 기능으로 여겨진다. 이 점을 두고 다시 말해 본다면 시가 의도하는 것은 사실의 과학적인 기술(記述)이나 설명이 아니라 사람의 직관 속에 드러나는 체험의 사실의 전달이다. 그렇다고 시의 사실이 과학의 사실과 전혀 무관하거나 반대되는 것이라고 할 수는 없다. 모든 시가 다 그런 것은 아니지만, 시가 관심을 갖는 사실은 어쩌면 과학에도 관계되는, 그것의 원초적인 바탕을 이루는 사실이다. 모든 체험은 일단 감각이나 느낌으로 주어진다. 이것이 과학적 개념과 체계 속으로 수정·채택될 때, 그것은 과학적인 사실 또는 더 일반적으로 객관적인 사실이 된다. 이에 대하여 원초적으로 주어지는 체험을 개념적 변형이 없이 직관적으로 파악하려고 할 때 나타나는 것이 시적 사실이라고 할 수 있다. 다만, 이 경우에 있어서도 원초적인 체험은 그대로 시 속에 묘사되는 것이 아니라 시적 언어 속에서 새로이 구성되는 것이라고 보아야 할 것이다. 이 구성에 있어서 우리의 일상적인 언어는 가장 중요한 작용을 한다. 과학적·객관적 사실의 세계가 개념에 의하여 조직화된 세계이듯이, 시의 세계는 생활 세계의 말에 의하여 조직화된 세계이다. 그리고 여기에서 추가하여야 할 것은, 구극적으로는 과학적 이론의 경우에도 그렇겠지만, 말이란 인식의 도구이기보다는 삶의 도구이고 그러니만큼 말의 사실성은 생활 세계의 여러 가지 실제적인 의도들이 선험적으로 작용하는 사실성이며, 다시 말하여 시는 생활 세계의 관심과 의도를 그대로 지니고 있는 말에 의하여 원초적인 체험의 사실을 있는 그대로 구성하는 활동이라는 것이다. 그러면서도 정서적·의지적 관련에서 일어나는 감동이나 의지의 다짐 등이 시적 언어의 주요 속성이지만, 정확한 사실의 적출(摘出)과 전달은 시적 활동의 핵심에 놓일 수밖에 없는 것이다. 시의 다른 효과들은 이 정확성을 그 바탕으로 하여 일어난다. 그러니까 시적 작업의 초점은 사실이나 체험의 명징한 표상을 향한다. 그리고 이것은 언어의 명징성으로만 확보될 수 있다. 앞에서 말한 바, 말을 잘 쓰는 사람이 시인이란 정의는 이러한 의미에서 옳은 말이다. 말을 잘 쓴다는 것은 시의 수법 또는 기교가 무엇보다도 시의 요체를 이룬다는 것을 뜻하는 것으로 받아들여질 수도 있다.

　말의 문제가 이와 같이 피상적으로 생각할 수 없다는 것은 이미 위의 간단한 반성에서도 시사한 바이지만, 다른 한편으로 시의 수법이나 기교 자체가 중요시될 수 있는 근거가 없는 것은 아니다. 되풀이하건대 시에서 중요한 것은 언어의 명징성이지만, 이것은 표현되는 대상과의 대응 속에서만 의미를 갖는다. 그러나 위에서 말한 바와 같이 언어로 표현한다는 것은 주어진 것을 수동적으로 수용하는 것이 아니라 언어로 구성한다는 것이다. 따라서 언어의 표현 능력, 그 자체가 문제 되지 않을 수 없다. 이것은 주로 명징성의 문제이다. 언어는 사물을 될 수 있는 대로 그대로 드러낼 수 있어야 한다. 그러나 여기서 그대로 드러낸다는 것은 사람에게 드러내는 것으로 보여야 한다는 뜻으로, 사람의 인식 능력이 설정하는 명료성의 기준에 맞아들어가야 한다는 것이다. 이 명료성의 기준은 오늘날 과학에 있어서 그 가장 엄격한 수준에 이르렀다고 할 것이다. 시의 명료성은 과학의 추상화가 있기 전의 보다 포괄적인 생활 세계의 명료성이다.

　생활 세계는 감각적·실천적 체험의 혼란스러운 복합체가 만들어내는 세계이다. 그러면서도 거기에는 일관되어 있는 원리, 〈개념 없는 보편성의 원리〉(메를로 퐁티)가 작용하고 있다. 이 원리는 세상 자체의 원리이면서, 아마 사람의 인식 능력 또는 더 광범위하게 생활 능력에 존재하는 통일적 지향의 원리일 것이다. 생활 세계의 명료함이란 생 체험의 다양함이 통일 원리 속에서 더 드러날 때 느껴지는 것이다. 그런데 인식심리학자들은 사람의 지각 작용이 반드시 언어 작용에 의하여 뒷받침된다는 것을 발견해 가고 있지만, 생

활 세계의 명료성은 전체적으로 언어의 매개를 통하여 의식
화된다고 말할 수 있다. 언어는 체험의 다양함과 통일성을
종합하는 가장 유연한 체계인 것이다. 그것은 한 민족이 세
계의 풍부함과 인간의 삶의 의지를 종합하는 최고의 지혜를
거두어 가지고 있는 체계이다. 이렇게 볼 때, 언어의 건강
──다양하고 풍부한 생활 체계의 로고스로서의 언어의 활
력──은 우리의 삶에서 가장 근본이 되는 것 중의 하나이
다. 시인이 언어 자체에 관심을 갖는 것은 당연한 일이다.
시인의 언어는 한편 한편의 시의 탄생에 제하여는 표현하는
내용의 한도 내에서 주로 의미를 갖지만, 더욱 크게 볼 때
는 삶의 구체와 보편을 유연하고 명징하게 나타낼 수 있는
언어적 활력, 그것을 유지하는 데에서 시인의 활동은 그 의
미를 갖는다고 할 수 있다. 시인이 일반적으로 언어의 수호
자라는 말은 그의 최대의 기능을 지칭하여 한 말이다. 앞에
서 이야기한 시의 수법이나 기교는, 그것의 복합적인 의미
연관을 사상(捨象)해 버릴 때 매우 피상적이고 경박한 것이
되기 쉽지만, 시인에게 중요한 관심사가 될 만한 것이고 또
되어서 마땅한 것이다.

　우리 현대시에서 시의 언어적 측면에 의식적인 주의를 많
이 기울인 시인들로서는 우선 주지주의의 시인들이나 청록
파의 시인들을 생각할 수 있다. 그러나 이들의 언어에 대한
관심이 피상적인 것일 때가 많았던 것은 이미 자주 지적되
어 온 바이다. 그들의 언어감각에 잘못된 것이 있었다면, 그
것은 언어의 의미가 그것이 표현하는 내용──그것도 당대
의, 또는 우리의 삶의 핵심적인 현실과의 대응 속에서 찾아
져야 한다는 것을 그들이 깊이 인식하지 않았던 데에 있다

고 할 것이다. 또 이것은 단순한 인식의 문제가 아니라 당대의 삶에 대한 근본적인 자세의 문제이다. 인식은 이 자세의 한 구성 요소에 불과하다. 뿐만 아니라 참으로 핵심적인 체험의 명징성에 이르려는 노력 속에서 이루어지는 언어의 심화가 아닌, 단순히 말의 표피적인 특징의 조작만을 주안점으로 하는 언어 사용이 건전한 언어적 활력의 유지 개발과는 전혀 다른 것이라는 점도 지적되어야 할 것이다. 그렇기는 하나 주지주의나 청록파 시인들의 언어에 대한 관심이 우리 시사(詩史)에서 하나의 주목할 만한 노정표가 되는 것은 사실일 것이다. 그런 정도로라도 시의 언어——그 명징화 또 심화가 시인의 관심의 대상이 된 일도 많지 않았기에 말이다.

김명수 씨의 시의 특징은 선명한 시적 인상을 조각해 낼 수 있는 언어의 힘에 있다. 그는 이런 점에서 일단은 기교파 시인들에 가까운 듯하면서, 다른 한편으로는 거기에 그치지 않고 현실의 중요한 체험을 시적으로 고정할 수 있는 능력을 아울러 갖추고 있다.

김명수 씨가 《서울신문》 신춘문예를 통해서 시단에 등단했을 때, 나는 심사위원의 한 사람 노릇을 하였는데, 그중 또 다른 한 사람의 심사위원은 박목월 선생이었다. 그때 내가 골라간 김명수 씨의 작품을 보고 박목월 선생이 오히려 「이걸 당선작으로 해버릴까」 하고 흔쾌한 어조로 말하던 것을 나는 기억하고 있지만, 그때 심사가 순조로웠던 것은 전혀 우연스러운 일이 아니었을 것이다. 신춘문예에 김명수 씨가 내놓았던 작품은 「무지개」, 「월식」, 「세우(細雨)」 세 편이었던 것으로 기억되는데, 그 이후의 그의 작품들의 상당수도 그렇지만, 특히 이 세 작품은 청록파적 풍미를 풍기는 작품이었다. 목월의 초기 작품과 마찬가지로 이 시들이 독자들의 마음에 불러일으키는 것은 어떤 아름다운 세계에 대한 암시이다. 이 암시는 목월의 시에서처럼 설명적인 진술을 통하여서가 아니라 잘 선택된 비유나 이미지로써 제시된다.

김명수 씨의 시가 목월의 초기 시와 비슷하다고 해서 두 사람의 시세계가 완전히 같다는 것은 아니다. 다른 것은 다 제쳐두고라도 바뀐 세상이 그것을 허용하지 않을 것이다. 김명수 씨의 시가 아름다움의 암시를 특징으로 하고 있는 것은 사실이나, 이 암시가 현실의 어둠의 시적 승화에서 만들어진 허상의 세계라는 것을 김명수 씨는 독자에게 감추지 않는다. 또는 그가 의도하는 것은 시적 승화를 미끼로 하여 우리를 그 저켠에 있는 현실의 어둠에로 이끌어가려는 것인 듯하기도 하다. 그의 시의 바탕은 현실의 어둠이다. 다만 이 어둠은 직접적으로 이야기되기보다는 마음속에 드리우는 불안감으로 표현된다. 그가 보는 현실의 어둠을 이렇게 내면화된 느낌으로 이야기한다는 것이 그의 시로 하여금 청록의 시에 비슷하게 하고 여느 현실시와 다르게 한다. 이것은 그의 시의 강점이 되기도 하고 약점이 되기도 한다. 즉, 내면화는 그의 시에 시적인 통일성을 부여한다. 또 그로 인하여 그의 시에 있어서 외적인 사태의 절박한 현실감은 약화된다. 그런데도 불구하고 내면화되고 시적으로 승화되어 있는 그의 어둠이 현실적인 구체성을 갖지 않는다는 것은 아니다. 청록(靑鹿)의 세계에도 어두운 그림자는 있었다. 그러나 그것은 그리움이나 한으로 연화(軟化)되어 아름다운 세계의 아름다운 음영(陰影)이 되었다. 김명수 씨의 시세계에 있어서, 어둠은 주로 불안감으로 변화되어 나타나면서도 이 세계의 지배적인 세력으로 남아 있다.

　가령, 「무지개」는 그 아름다운 표면에도 불구하고 죽음을 주제로 한다. 여기에 죽음이 미화되어 있는 것은 사실이지만, 이 미화는 분명히 알아볼 수 있는 환상의 조작에 의지하고 있다. 그렇기 때문에 오히려 그것은 살아 남은 사람의 근거 없는 소망을 허망하게 나타낼 뿐, 죽음의 현실을 거짓으로 호도하지 못한다. 「세우」의 구도도 「무지개」에 비슷하다. 바탕에 들어 있는 주제는 소아마비에 걸려 하반신을 못 쓰고 누워 있는 누이인데, 시인은 보슬비의 부드러움에 자극되어 이 병든 누이가 현실의 괴로움이 없는 마법의 성으로 실려가는 것을 환상적으로 생각해 본다. 그러나 여기에서 환상은 현실을 감추기보다는 그것을 넘어서지 못하는 화자(話者)의 소망의 애틋함을 두드러지게 할 뿐이다.

　「월식」은 더 환상적이며 더 현실적인 시이다. 이 두 면의 관계는 좀더 자세히 검토해 보면 금방 드러난다.

　　달 그늘에 잠긴
　　비인 마을의 잠
　　사나이 하나가 지나갔다
　　붉게 물들어

　　발자국 성큼
　　성큼
　　남겨놓은 채

　　개는 다시 짖지 않았다
　　목이 쉬어 짖어대던

외로운 개

그 뒤로 누님은
말이 없었다

달이
커다랗게
불끈 솟은 달이

슬슬 마을을 가려주던 저녁

「월식」의 아름다움은 환상적인 아름다움이다. 그러나 그
것은 생략의 암시 효과가 만들어내는 착각에 불과하다. 이
야기되어 있는 것은 비극적인 어떤 사건이다. 그것은 누님
에게 가까운 사람에게 일어난 일로 누님은 그로 인하여 말
을 잃은 슬픔의 인간이 되었다. 그것은 마지막으로 일어난
일——어쩌면 죽음과 같은 결정적인 일이다. 그렇기 때문
에 개가 다시 짖지 않는 것일 것이다. 개조차 죽여버린 것
일까? 그것은 어떤 사나이에게 일어난 일이다. 그는 지나갔
다. 〈붉게 물들어.〉 달빛 때문에? 피를 흘려서?
  그것은 달밤에 일어난 일이다. 그러나 달밤은 사건의 고
독함을 강조하고 마지막 연이 말하듯이 사건의 엄청남을 감
추어줄 뿐이다.

  이와 같이 김명수 씨가 만들어내는 환상적 아름다움으로
부터 현실의 어두움은 그다지 멀지 않다. 따라서 그가 다른
시들에서 조금 더 적극적으로 우리의 정치적인 상황을 언급

하고 있는 것은 당연하다고 하겠다. 그리고 그것은 우리 시의 다른 곳에서 찾기 어려운 시적인 마력과 정치적 예리함을 가지고 있다. 여기에서도 김명수 씨는 설명적 진술보다 암시적 제시로써 정치를 포착한다. 그리하여 그는 사회적·정치적 분석을 시도하기보다는 암시적인 언어로써 우리의 심리의 깊은 곳에 잠겨 있는 영상을 흔들어놓는다.

그의 시 「일식」, 「침목」, 「어금니」, 「자석」 등은 지난 10여 년간의 정치적 분위기를 포착하는 데 성공한 쉽게 잊을 수 없는 얼마 되지 않는 시에 드는 것일 것이다.

「일식」의 기본적인 내용은 간단하다. 그러나 그것이 우리 마음에 새겨놓는 영상은 가장 예리하고도 미묘하다. 그것은 분명한 언어와 이미지로써 절대적 권력자의 모습을 요약하면서 동시에 미묘한 작용으로 우리의 잠재 의식 속의 불안감을 자극한다. 이러한 시의 작용은 다분히 뛰어난 수법에 힘입어서 일어난다. 그러나 이것이 수법만의 문제가 아님은 새삼스럽게 말할 필요도 없다. 그의 수법은 이야기되는 사실을 간접적으로 전달하는 것이 아니라 내적인 체험이 되게 한다. 즉 「일식」의 효과는 그 심리적 직접성에서 온다. 이 직접성은 현실 상황의 사실적인 묘사가 아니라 시적인 직관이 구성하는 환상적 상황의 설득력에서 생겨나는 것이다. 시적 체험의 직접성은 반드시 현실의 외관의 묘사로써 확보되는 것이 아니다. 그것보다 중요한 것은 어떤 상황의 감정적 본질을 시적으로 직관하는 것이고, 이것은 어떤 경우에는 극히 환상적인 것에 의하여 파악될 수도 있다. 그러나 시적으로 구성되는 상황 자체는 그 나름으로 감각적 현실성 또는 직접성을 가지고 있어야 한다. 「일식」이 가지고 있는 것은 이 감각적 직접성이고 이것은 심리적 직접성을 이룩하

는 비결이 되어 있다. 이 시에서 모든 것은 간결하고 암시
적으로 또 직접적으로 제시되어 있다.

 직관적으로 파악된 현실 상황의 환상화 내지 비유화, 그
것의 간결하고 암시적인 제시 ── 이러한 「일식」의 수법은
「침목」, 「어금니」, 「자석」에서도 발견할 수 있다. 「어금니」
의 경우 시적 효과는, 좀더 간단히 말하여 17세기 영시(英
詩)의 〈기상 conceit〉의 효과와 비슷하다. 즉 어떤 상황 전체
가 하나의 기발한 비유 속에 파악되면서, 또 이 비유는 감
각적인 직접성을 가지고 제시되는 것이다. 그러나 「자석」의
경우는, 시인이 구태여 생략해 버린 비유적인 관계가 너무
나 분명하고 또 그것이 지나치게 분명한만큼, 시적인 여운
이나 그 상황 진단의 깊이에 있어서 다른 시에 미치지 못한
다는 인상을 준다.

 이러한 시들은 모두 김명수 씨가 시의 수법을 강하게 의
식하며, 진술의 전략에 대한 탐구를 게을리하지 않는 시인
이라는 것을 확인시켜 준다. 그러나 김명수 씨의 주된 관심
은 이러한 수법이나 전략이 아니라 시적 체험 또는 현실의
체험 ── 결국 시적 체험의 종착지는 이 현실의 체험일 테
니까 ── 그 자체이지 시적 표현의 잔재주가 아니다. 다만
시인은 자기가 이야기하고자 하는 것을 분명하게 말하기 위
하여, 어떤 때는 목전의 현실적 소재를 대담하게 떠나는 움
직임을 보여줄 수도 있는 것이다. 김명수 씨의 표현을 위한
노력의 구극적인 의미는 시적 대상을 조금 더 분명하게 제
시할 수 있게 된다는 데에 있다. 다시 말하여 그의 관심은
표현의 전략보다는 시각의 투명성에 있다. 그는 사물이나
상황을 있는 그대로 포착하려고 한다. 이 투명성, 이 객관
성은 상투적인 구절, 개념, 감정 등으로 정리된 객관성이

아니라 사물이나 상황이 직접 우리의 감성에 와닿는 모습이 갖는 객관성이다. 이러한 의미의 객관성에 이를 수 있는 능력은 그의 사물을 소재로 한 시에서 가장 두드러진다. 그는 사물을 매우 절제된 묘사로 소박하게 그려낸다. 그러면서 그는 이렇게 이야기된 사물의 숨은 의미를 포착한다. 그는 사물의 숨은 속삭임을 듣는다. 이렇게 말하여도 좋다.

「가죽장갑」, 「댑싸리」, 「풍선」, 「단추」, 「볼트 하나의 시」, 「아카시아꽃」, 「감초」, 「나일론 장판」, 「두더지의 앞발」, 「검차원」, 「호랑나비」, 「역기들기」 등. 이러한 시들은 모두 다 김명수 씨의 시각의 투명성을 예증해 준다. 이러한 시들의 공통점은 객관적이라는 것이다. 그는 주관적인 감정이나 주석을 최소한도로 줄이고 사물을 있는 그대로 보여주려고 한다.

대부분의 시에 나타나는 사물들은 그 자체로보다는 어떤 비유적인 기능 때문에 거론된다. 사물은 시인의 의미를 위한 기호이다. 김명수 씨의 경우도 여러 가지 사물들은 그가 말하고자 하는 것의 기호이다. 그러나 그는 사물을 기호화하고 의미 속에 해소해 버리는 것이 아니라 사물로 하여금 스스로의 의미를 말하게 하려 한다. 사물에 인간적인 의미가 있다 하더라도, 그것은 사람들이 인위적으로 또는 상투적으로 부여하는 의미와 일치하지는 않는다. 김명수 씨가 추구하는 것은 즉물적인 의미이다. 어떤 때, 그의 사물 묘사는 지나치게 객관적이고 산문적이기 때문에 독자를 당황하게 한다. 또 다른 때 그의 사물은, 보다 열악한 시의 경우처럼 감정이나 도덕의 기호가 된다. 그러나 이런 경우에도 그는 사물의 사물로서의 의미를 완전히 잊지는 않는 것 같다. 그러나 가장 뛰어난 작품들은 사물을 자의적인 의미의 기호로 전락하게 하지 않으면서 동시에 그만이 포착한 특이한 인간적 의미 연관을 사물에서 발견해 내고 있는 작품들이다.

「두더지의 앞발」이나 「아카시아꽃」과 같은 시는 어떻게 보면 우화적인 의도를 감추어 가진 것도 같지만, 단순한 사물의 묘사에 그치고 있는 시들이다. 「감초」는 조금 더 우의적인 듯하다(필요 없는 단맛을 보태주는 감초는 세상의 신산(辛酸)에 아름다움을 더해 보려는 시인의 존재와 같은 것에 대한 비유일까).

「댑싸리」, 「풍선」, 「단추」, 「볼트 하나의 시」 등은 좀더 즉물적이면서도 그 정서적 의미를 쉽게 드러내준다. 댑싸리의 의미는 분명하다. 그것은 도시 공간에 옮겨져서 쓸모 없어진, 고향 잃은 식물이다. 풍선은 시인에게 탯줄에서 떨어져 나간 외로운 어린아이를 연상시킨다. 단추의 의미는 조금 더 복잡하다. 그것은 간밤에 있었던 어떤 사건의 유물이다. 그것은 있어야 할 제자리로부터 떨어져 있다. 그 떨어짐, 버려짐의 상태는 어젯밤의 사건을 에워싼 침묵을 연상시킨다.

떨어져 있는
단추 하나를 바라보면
간밤
검은 구두 발자국 남아 있지 않다.

이와 같은 단순한 묘사는 사물의 침묵과 우리 삶을 에워싸고 있는 침묵과 불안을 교묘하게 전달한다. 「볼트 하나의 시」에서도 버려진 볼트의 버려진 상태는 월남전에서 다리를 잃은 사람을 연상시킨다. 또 아이들이 걷어차는 볼트는 〈버림받은 계집이/악다구니 소리를 지르고 있〉는 느낌을 준다. 이러한 시들은 김명수 씨의 주된 관심사의 하나를 드러내준다. 즉 그것은 버려지고 외롭고 말하여지지 않고 학대받은 것들에 대한 관심이다. 그러한 관심은 주로 비유적으로 표현되어 있지만, 여기의 비유는 비유이기보다는 사물 자체가 지니고 있는 의미이기도 하다. 사물은 외로움 속에서 잘 나타난다. 그러면서 단추나 볼트의 이미지의 경우에서처럼, 사물은 우리의 잠재 의식 또는 무의식의 여러 관련의 매듭으로서만 존재한다.

그런데 김명수 씨의 시에서 보다 더 성공적인 것은 조금 더 깊숙이 사물의 안을 들여다보는 시들일 것이다. 「검차원」의 특징은 우선 묘사의 절제된 객관성에 있는데, 이 시는 다른 어떤 시보다도 비유적 해석이 없이 직접적으로 사물의 의미에 이르고자 하는 것처럼 보인다. 순수한 묘사의 시인 「검차원」에서 시적인 의미의 계시에 가까워가는 것은 아마 마지막 두 연일 것이다.

有蓋車 속에 숨죽인 쥐 한 마리
홀로 눈떠 인기척을 넘보고
차가운 금속성의 망치소리가
〈탱 ──〉 하고 차륜을 울려
대륙을 횡단하는 긴 철로로 멀어져 갈 때

천길 땅속에 잠자던 쇠붙이의 원음을
칠흑같이 어두운 밤
늙은 검차원 하나

낡아빠진 修車譜에 적어넣는다

이 묘사에서 시적 의미의 핵심이 되는 것은 〈탱 ──〉 하
는 쇳소리에 관계되는 부분일 것이다. 이 소리는 그 울림으
로 하여 먼 공간, 칠흑 같은 밤을 상기시키고, 또 그 공간
안에서의 검차원이나 쥐와 같은 생물의 외로움을 드러내준
다. 그러나 이 외로움에는 어떠한 기율이 있다. 금속성의
소리는 무엇인가 차고 단단한 것을 지시해 준다. 검차원이
그의 외로움으로 하여 듣는 것은 이 사물의 차고 단단한 외
로움 또 그 기율이다. 그 자신의 외로움도 이러한 사물의
외로움에 통하고 이 일치 속에서 그의 임무의 충실한 수행
이 보장되는 것일 것이다.
「검차원」에 대한 이러한 해석은 반드시 옳은 것이 아닌지
도 모른다. 그것은 너무나 금욕적으로 의미와 판단을 정지
하고 있다. 그러나 우리는 이 시에서 사물의 외로움을 느끼
고 그 형이상학적 차원을 어렴풋이 짐작할 수는 있다. 「호
랑나비」에서 시인은 묘사되어 있는 사실에 조금 더 철학적
우의를 부여하고 있는 것 같다.

경상도집 아주머니가 낮잠을 잔다
서른 살에 혼자되어 산전수전 다 겪었다

억세고 요란스런 경상도 아주머니
오늘은 공일이라 색시들 다 소풍 보냈다
하나뿐인 뚱뚱이 딸도 따라 보냈다

보아라, 경상도집 아주머니 태평스런 낮잠 속에

이 세상 쓸쓸하고 아름다운 만고풍상

꿈속에 꿈속에 봄날 천지에
호랑나비 한 마리만 날아다닌다

　이 시에는 장자의 호접몽(胡蝶夢)과 같은 우의가 들어 있다고 할 수도 있다. 술집 여주인의 억센 생존과 꿈속의 고운 나비──어느 쪽이 진실이냐, 이러한 질문이 이 시 속에 들어 있는지도 모른다. 그러나 이 시의 효과는, 이런 질문보다도 어떤 억척스러운 인생이 바로 억척스러운 삶의 현실에 스스로를 맡김으로써 얻는 인생 긍정의 평화를, 낮잠 자는 술집 주인 아주머니의 모습에서 직감적으로 읽어낸 데 있다.
　사물의 의미에 대한 탐구는 사물의 이미지의 제시가 아니라 사물을 주제로 한 끈질기고 집중된 사변적 따짐을 통하여서도 행해질 수 있다. 「나일론 장판」이나 「가죽장갑」 같은 시는 그러한 좋은 예가 된다. 「나일론 장판」은 직절적으로 장판의 용도를 지적함으로써 사물의 쓰임새의 음흉한 의미를 생각하게 한다. 이것이 음흉하다는 것은 우리의 삶의 많은 것들이(정치적인 위장까지 포함해서) 진실의 호도를 위하여 존재한다는 뜻에서이다. 「가죽장갑」은 사람이 만들어내는 물건의 양의성(兩義性), 또 사람의 삶의 양의성을 사변적으로 이야기하는 시이다. 우리가 끼는 장갑은 산 짐승을 죽임으로써 얻어진다. 시인은 이 간단한 사실을 상기시킨다. 그러나 그는 그러한 사실에 대해서 감상적이 되는 것을 거부한다.

　　나의 손은 검다
　　검은 손에 피가 묻어 있다
　　장지도 무명지도
　　열 손가락 모두

　　친구여 그러나 피가 묻은
　　나의 손은 따스하다
　　짐승의 피보다 더욱 따스하다
　　석유 난롯가에서, 문명의 따스함 곁에서

　사람이 짐승을 죽여 자기를 따스하게 한다는 것은 잔혹한 일이면서도 삶의 냉혹한 현실의 하나이다. 장갑 하나의 의미도 이러한 현실의 일부라는 데서 이해될 수 있다.

　삶에 대한 이러한 비극적 인식은 「과일이 과일로 살아 남기 위해」나 「토끼의 간」에 조금 더 단순화되어, 따라서 삶의 비극적 모순의 절실함을 다분히 외면한 형태로 되풀이되어 있다. 삶에 내재하는 이러한 비극적 모순에 대한 의식은 좀더 절실한 인간적 고민과 함께, 「타우누스 양로원의 밤」에 이야기되어 있다. 〈악마여, 장미꽃은 아름답다〉 이러한 첫 구절은 벌써 비극적 모순에 대한 시인의 절규를 잘 요약해 주고 있다. 〈타우누스 양로원〉의, 깊이 있는 그러나 약간은 너무 현란하게 초현실주의적으로 이야기되어 있는 삶에 대한 비극적 인식은 우리 시에서 드물게 보는 것이라고 하겠는데, 이러한 인식은 사물의 있는 그대로의 모습에 이르고자 하는 시인의 단단한 결심으로 하여 가능해진다. 즉 이것은 투명한 시적 시각, 사물의 객관적이고 즉물적인 이해를 위한 노력의 결과이다. 그렇긴 하나 단순히 사물을 뚫

어지게 보려는 의지만으로 삶에 대한 크고 넓은 표현에 이르기는 어려운 일처럼 보인다. 시의 최종적인 의미는 아무래도 도덕적인 비전에서 찾아진다고 할 수밖에 없다(물론 여기의 도덕은 좁은 의미의 도덕적 처방이 아니라 삶의 도덕적 가능성에 대한 넓은 탐구 과정을 의미한다). 그리고 이 도덕적 비전은 사물에 대한 탐구보다도 당대의 핵심적 체험에 대한 보다 직절적인 성찰에서 오는 것이 아닌가 한다.

그러나 김명수 씨가 당대적 현실에 대한 조금 더 상식적인 접근을 하지 않는 것은 아니다.
「북두칠성」, 「형광등」, 「느티나무」, 「달랑무 김치」 등은 오늘날 흔히 보는, 다른 현실 시들에 비슷하다.

　　먼 길 떠나시던
　　아버님 발자국이 보인다

「북두칠성」에서 시인은 이와 같은 말로써 소박하게 독립 투쟁과 유랑의 길을 떠나던 아버지를 회상한다. 그것은 그 자신 〈……나이 들어 어린 딸 거느리고/여름 저녁 …… 언덕에 서〉는 그런 처지에 이르렀기 때문이다. 아마 시인이 암시하고 있는 것은 사회의 상황이 아버지 대에서 아들 대에로 별로 바뀐 것이 없다는 것, 아들 또한 새로운 투쟁과 유랑, 그리고 이별의 운명을 예감하지 않을 수 없는 처지에 있다는 사실일 것이다. 이와 같이 현실 시에 흔한 주제를 다룬 시에서도 김명수 씨는 미묘한 암시로써 평면적인 진술을 변화시킨다. 「형광등」은 과로와 주림에 시달리는 봉제공의 고난을 형광등 밑의 차고 피로한 정경으로 집약해 보인다. 앞에 살펴본 시들에서의 구상력은 여기에서도 계속된다. 「느티나무」는 나무로써 꿋꿋한 사람의 자세를 상징하는 흔히 보는 시상의 시이지만, 그 담백하고 절제된 수사가 청결한 느낌을 준다.

전통적인 태도와 감정을 평이하고 전통적인 스타일로 기록하는 또 다른 일련의 시들은 시골의 정경을 다룬 것들이다. 「서월(書月)부락의 눈」, 「봉답」, 「만사(輓詞) 6장」 등은 김명수 씨가 투명한 시각의 시인일 뿐만 아니라, 투명한 감수성의 시인임을 말하여 준다. 이들 시편들은 우리가 익히 알아온 소박한 이야기들을 담고 있다. 그러면서도 여기에는 김명수 씨의 다른 시에서 보이는 섬세하고 예리한 관찰과 능력이 모나지 않게 감추어져 있다. 「만사」에서 나뭇가지에 〈보일 듯 보일 듯이 일던 잔바람〉, 〈입 깨물고 울음 참는 살얼음〉, 사람의 흐느낌을 되받는 하늘, 사람됨의 상징인 듯한 〈귀 떨어진 소반〉, 애틋한 느낌인 듯 서리는 연기, 비어 있는 까치집의 쓸쓸함——이러한 묘사와 이미지들에서 보이는 마음과 사물의 섬세한 화창(和唱)에 대한 감각은 예사스러운 가운데도 예사스러울 수 없는 공감과 연민의 힘을 가진 시인의 마음을 우리에게 느낄 수 있게 한다. 다만 사물을 이와 같이 감정의 단순한 기호로 바꾸어버리는 수법은 우리가 너무 흔히 보아온 것이 아니냐 하는 느낌을 주는 것은 사실이다. 그러나 「봉답」과 같은 시는 예사스러운 정황과 감정을 다루고 있으면서도 결코 진부함에 떨어지지 않는 가품(佳品)이다.

할매요
60평생을 홀로이신 할매요

　　열여덟에 나이 어린 낭군님
　　사별하신 할매요
　　眞城李氏 양반 가문에 태어나셔서
　　6·25 때 흔적 없는
　　양자 하나 기다리고 사는 할매요

　이와 같이 이 시의 화제가 되어 있는 여인의 생애는 기구
하다. 그러나 겹치는 고난을 이 여인은 한결 같은 자세와
조용한 견딤으로 이겨내었다. 「호랑나비」에서처럼 시인은
견딤 가운데에서 평온의 경지에 이른 삶을 여기에 이야기하
고 있는 것으로 보인다. 그러나 그러한 교훈보다 더 중요한
것은 인고의 삶을 살아온 할머니를 위하여 모든 것이 잘되
기를 비는 시인의 기원하는 마음이다. 그러면서도 이 기원
은 요란한 기도로서가 아니라 단순한, 그러면서도 기쁨과
간절함을 감추지 못하는 고지(告知)로서 표현되어 있다.

　　풍년이 들었니더
　　봉답논 여덟 마지기에
　　풍년이사 들었니더 할매요

　이렇게 되풀이되는 〈풍년이사 들었니더 할매요〉에는 얼마
나 애틋한 인정이 들어 있는가(사투리가 이만큼 적절하게 사
용되는 예도 많지 않을 것이다). 사실 할머니의 삶에 대한
시인의 관심은 그 도덕적 의미에 대한 관심이 아니라 고통
스러운 삶으로부터 해방을 기구하는 극히 순수한 인간적 소
망에서 오는 관심이다(「무지개」나 「세우」는 불행한 현실이 행
복하게 전환되어야겠다는 소망을 환상을 통해서 표현했지만,

여기서 되풀이되는 〈풍년이사 들었니더〉는 이 두 시의 환상의
기능을 수행한다고 말할 수 있다).

　김명수 씨는, 이미 지적한 바와 같이, 드물게 보는 시적
표현의 기율을 체득하고 있는 시인이다. 물론 이것은 그가
체험의 투철한 인식에 스스로를 순응시킬 수 있는 시인이란
말이기도 하다. 그는 사물의 의미를 꿰뚫어보고 이를 거기
에 합당한 언어로 표현하는 데 뛰어나다. 그가 좀더 복합적
인 사회 또는 정치 상황을 시에 담는 때에도, 그의 직관은
어김없이 그 핵심을 꿰뚫는다. 그는 흔히 현실 상황을 하나
의 사물, 하나의 비유 속에 요약하여 포착한다. 이러한 본
질 직관은 드문 시적 지성의 증표로 보아도 좋다. 그렇긴
하나 이것은 그것대로의 제약을 가지고 있다. 참으로 중요
한 삶의 계기들은 하나의 사물이나 비유를 통해서 그 전모
를 드러내지 아니한다. 상황의 비유적 요약에서 놓치는 것
은 현실의 역동적인 구조이다. 이런 의미에서 김명수 씨가
최근에 이르러 조금 더 상식적인 삶의 희로애락의 사연들을
그의 시 속에 다루려고 하는 것은 고무적인 일이다. 다만 이
러한 시들은 그의 즉물적인 시보다도 시적 암시력, 체험의
열도, 현실의 복합성에 대한 싱싱한 인식 —— 이러한 점들
에 있어서 그 전의 시들에 미치지 못하는 점이 있다. 또, 그
의 즉물시에도 해당되는 것이겠는데, 그의 현실에 대한 접
근이 근본적으로 정태적(靜態的)이란 것도 문제가 아닌가
한다. 그의 인생시가 수채화적인 소품의 경지를 벗어나지
못하는 인상을 주는 것은 이 정태성에 관계되어 있는 것으
로 생각된다. 드물게 보는 시적 가능성을 가진 시인임에 틀
림이 없는 김명수 씨의 문제는 그의 즉물적 탐색의 기율과

삶의 여러 계기에 대한 때묻지 않은 공감력을 하나에 합치
고 이것에 다시 역동적인 에너지를 부여하여 참으로 크고
넓은 도덕적 비전을 창조해 내는 일일 것이다. 물론 이 비
전이 사물의 복합적인 의미와 보통 사람의 작은 애환을 잊
어버려야 한다는 것은 아니다.

(문학평론가 · 고려대 교수)

연보

1945년 경북 안동 출생.

1977년 《서울신문》 신춘문예에 시 「월식」「세우(細雨)」
「무지개」 3편이 당선되어 문단에 데뷔.

1980년 제4회 〈오늘의 작가상〉 수상. 수상시집 『월식』 출간.

1972년 독일 프랑크푸르트 대학에서 독일문학 청강.

1981년 〈반시(反詩)〉 동인에 참가.

1983년 시집 『하급반 교과서』 출간.

1984년 〈신동엽 창작기금〉 수혜.

1985년 『이육사 전기』 출간.

1986년 시집 『피뢰침과 심장』 출간.

1988년 수필집 『솔아 솔아 푸른 솔아』 출간.

1991년 시집 『침엽수지대』 출간.

1992년 〈만해문학상〉 수상.
첫 동화집 『해바라기 피는 계절』 출간.
그 외 번역서 여러 권을 펴냄.

오늘의 시인총서 17
월식

1판 1쇄 펴냄 1980년 7월 10일
1판 6쇄 펴냄 1990년 5월 1일
개정판 1쇄 펴냄 1995년 11월 20일
개정판 2쇄 펴냄 2007년 6월 25일

지은이 김명수
편집인 장은수
발행인 박근섭
펴낸곳 (주)민음사

출판등록 1966. 5. 19. 제16-490호
(135-120) 서울 강남구 신사동 506 강남출판문화센터 5층
대표전화 515-2000 팩시밀리 515-2007

ⓒ 김명수, 1980. Printed in Seoul, Korea

값 6,000원

ISBN 978-89-374-0617-1 04810
ISBN 978-89-374-0600-3 (세트)